Ce livre
appartient à :
charline
offert par :
maman

Enid Blyton

Oui-Oui
et les ours
en peluche

Illustrations de Jeanne Bazin

HACHETTE
Jeunesse

Chapitre 1

Les ours
de M. Noé

Que se passe-t-il donc à
Miniville, ce matin? Tout le
monde a l'air bien agité, dans
la capitale du Pays des Jouets!
Des poupées courent de tous
côtés, des guignols et des
souris mécaniques discutent en
petits groupes sur les
trottoirs...

Lorsque Oui-Oui arrive sur
la place de la gare au volant
de son taxi jaune, une vraie
foule se précipite à sa
rencontre.

« Voilà Oui-Oui! Voilà Oui-Oui! »

Le petit bonhomme en bois est éberlué. Quel accueil! C'est bien la première fois, depuis qu'il est chauffeur de taxi au Pays des Jouets, qu'il a autant de clients d'un seul coup. Il est si étonné qu'il en oublie de penser à sa petite tête à ressort : elle s'agite comme une folle de haut en bas, et le grelot de son bonnet bleu s'en donne à cœur joie! Diling, diling, diling!

Mais voilà le nain Potiron qui s'avance, sa bicyclette rouge à la main. C'est le

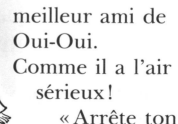 meilleur ami de Oui-Oui. Comme il a l'air sérieux!

« Arrête ton

carillon, Oui-Oui,
nous avons à te parler,
dit-il d'un ton grave.

— Oh! là! là! Qu'est-ce qu'il

y a, Potiron? demande Oui-Oui inquiet. Vous êtes tous tombés du lit, ce matin?»

Et il prend sa tête à deux mains pour la forcer à s'arrêter.

«Ce n'est pas le moment de plaisanter, reprend Potiron. Les habitants du Pays des Jouets sont très ennuyés et ils comptent sur toi pour les aider.

— Les aider? Très volontiers, Potiron. De quoi s'agit-il?

— M. Noé va t'expliquer», déclare le nain.

Un vieux bonhomme à la barbe blanche s'avance alors, l'air soucieux.

« Eh bien, voilà, Oui-Oui. Ce matin, en comptant les animaux de mon Arche, j'ai constaté qu'il en manquait deux.

— Oooh ! s'exclame Oui-Oui effrayé. Ce ne sont pas les lions, j'espère ? Ni les panthères ?

— Non, ce sont les deux ours bruns. Ils ne sont pas *très* dangereux, mais... ils ne sont pas très commodes non plus. Et ils adorent jouer des tours aux gens. Ils sont capables des pires sottises. Les jouets n'osent

plus sortir de Miniville. Il faut rattraper ces ours au plus vite et les ramener à l'Arche.

— Pourquoi se sont-ils enfuis ? demande Oui-Oui.

— Oh ! pour une bêtise, répond M. Noé. Parce que Mme Noé leur a demandé de s'essuyer les pattes sur le paillasson quand ils rentrent du jardin.

— Quels mauvais caractères ! s'écrie Oui-Oui qui ne pense déjà plus au service qu'on lui a demandé. J'espère que vous avez prévenu le gendarme ?

— Oui, mais il prétend qu'il a trop de travail aujourd'hui pour s'en occuper. Entre nous, ajoute M. Noé à voix basse, je crois bien que c'est parce qu'il a peur de mes ours... Aussi, nous avons pensé à toi.

— A *moi* ? Pour capturer des ours ? Vous n'y songez pas, monsieur Noé ! s'exclame Oui-

Oui dont la tête à ressort se remet à danser de plus belle. Je suis chauffeur de taxi, je ne suis pas chasseur d'ours!»

Les jouets s'écrient alors en chœur : «Oui-Oui, tu es si gentil! Pense à tes amis!»

Il y a là Mirou, la petite oursonne que Oui-Oui aime tant. Et Mlle Minouchette, la plus jolie des chattes en peluche. Et la grande poupée blonde, qui a donné des meubles à Oui-Oui pour

installer sa petite-maison-pour-
lui-tout-seul. Et Léonie
Laquille, entourée de ses petits
quillons... Oui-Oui a bon
cœur : il voudrait bien rendre
service à ses amis. Mais
capturer deux féroces ours
bruns, tout de même, ce n'est
pas rien !

« Alors, Oui-Oui,
tu te décides ?
demande Potiron.
J'irais bien à leur recherche,
moi, si ma bicyclette était plus
rapide. Tu es le seul à pouvoir
les retrouver très vite. Avec
ton taxi, ce sera l'affaire d'une
heure, au plus...

— Euh... C'est que...
bafouille le bonhomme en bois
pas rassuré du tout.

— C'est que *quoi* ? rugit
Potiron. Quelle poule

mouillée! Tu devrais déjà être
parti. Ils ne vont pas te
manger, ces ours!

— Qu... qu'est-ce que tu en
sais? gémit Oui-Oui d'une
toute petite voix.

— Gros bêta! Dans ta
voiture, tu n'as rien à
craindre!

— C'est vrai, reconnaît Oui-
Oui. Bon, j'y vais!»

Et, rassemblant son courage,
le pantin de bois met sa
voiture en marche. Les jouets
applaudissent de toutes leurs
forces :

«Bravo, Oui-Oui! Et merci!
Bonne chance, et reviens vite!»

Oui-Oui se dirige vers le
Bois des Lutins.

«Si les ours veulent se
cacher, se dit-il, il n'y a rien de
mieux qu'une forêt...»

La petite voiture jaune file comme une flèche sur le sentier. *Vroum! Vroum!* Le bruit familier de son moteur rassure Oui-Oui. Mais, soudain, le bonhomme en bois arrête pile son taxi.

« Potiron est bien bon! s'exclame-t-il. Qu'est-ce que je vais faire, moi, une fois que j'aurais trouvé les ours? Je ne vais pas les prendre dans mon taxi, tout de même! Oooh... quelle histoire!... Enfin, je verrai bien... Peut-être que je ne les trouverai pas... »

Plein d'espoir, Oui-Oui repart. Un kilomètre, deux kilomètres... pas d'ours en vue. Le petit pantin commence à se rassurer, lorsque tout à coup, au détour du chemin... il aperçoit les deux fugitifs

qui marchent droit dans sa
direction !

Oui-Oui, terrifié, freine
brusquement. C'est le moment
d'agir ! Mais comment ? Il a
bien envie de faire demi-tour
et de gagner à toute allure la
maison-champignon de Potiron
pour se mettre à l'abri. Puis il
se ressaisit. Non, ce ne serait
pas courageux du tout. Potiron
se moquerait de lui. Oui-Oui
tremble de peur. Ses genoux

de bois jouent des castagnettes. Il regarde fixement les deux ours qui s'avancent vers lui, plus près, encore plus près, toujours plus près...

« Oh! là! là!... je suis perdu! » se lamente le pantin de bois.

Et soudain, voilà qu'il a une idée, une idée formidable! Si formidable que sa petite tête à ressort se met à s'agiter à toute vitesse. Diling! Diling! chante le grelot.

« Pourvu que ça marche... » se dit Oui-Oui.

Il fait un grand signe de la main aux deux ours.

« Salut, les ours! Beau temps pour une promenade, n'est-ce pas? Que diriez-vous d'un petit tour en voiture? Je n'ai pas de client, ce matin. » Les deux ours se regardent, l'air intéressé.

« Après tout, se dit Oui-Oui,
vus de près, ils ne sont pas
si terribles... »

« Volontiers, répond l'un des
ours. Nous en avons assez de
marcher à pied.

— Et c'est la première fois
que nous montons en voiture,
s'écrie l'autre tout réjoui.
Quelle aubaine ! »

Sans plus attendre, ils
grimpent dans le taxi de Oui-
Oui. Le pantin de bois est un

17

peu coincé, car sa voiture n'a
que deux places! Mais il n'a
plus peur du tout, tant les
deux ours ont l'air content. Et
il démarre à fond de train.
Vrououm! Il prend le premier
virage sur les chapeaux de
roues. «Hiiii...» font les pneus.
Les ours bruns rient aux
éclats. Que c'est drôle, de se
promener en voiture! Ils
s'amusent tellement qu'ils ne se
demandent pas un instant où
Oui-Oui les emmène.
Heureusement, car s'ils
savaient...

«Je vais foncer tout droit
jusqu'à l'Arche
de M. Noé, se
dit Oui-Oui.
J'irai si vite que
les ours n'auront
même pas le

temps de s'en rendre compte. Et quand je m'arrêterai, il sera trop tard. Quelle idée splendide! Potiron va être fier de moi!»

Tu! Tu! Tu! Vroum, vroum! Le taxi de Oui-Oui est transformé en un vrai bolide. Et hop! il franchit le pont. Et zoum! il traverse Miniville comme une flèche. Les jouets en restent bouche bée.

« Regardez! s'écrie Potiron ravi. C'est Oui-Oui! Il a rattrapé les deux ours en peluche!»

Le vieux nain gigote tellement qu'il manque en tomber de sa bicyclette.

« Oui-Oui a capturé les ours!» s'exclame M. Bouboule un peu plus loin, oubliant qu'il est lui-même un ours en peluche!

Aussitôt, la nouvelle se répand dans toute la ville.

«Il est vraiment très courageux», déclare le gendarme.

Pendant ce temps, dans le petit taxi, les deux ours s'amusent toujours comme des fous. Ils sont grisés par la vitesse. De chaque côté de la voiture, les arbres et les maisons défilent à toute allure. Quel spectacle fabuleux! Enfin, l'Arche est en vue...

«Ouf!» se dit Oui-Oui.

Il appuie encore plus fort sur l'accélérateur, puis donne un grand coup de frein pour s'arrêter juste devant M. Noé qui attendait à la porte de l'Arche.

Les deux ours, soudain
dégrisés, n'en reviennent pas.

« Pas possible ! s'écrient-ils.
Nous sommes revenus à
l'Arche !

— Vous y êtes, en effet, dit
M. Noé d'un ton sévère. Allez,
descendez, et plus vite que ça !
Rentrez immédiatement. Et
n'oubliez pas d'essuyer vos pattes !
Pour votre punition, vous irez
au lit tout de suite ! »

Les deux ours obéissent, la
tête basse. Oui-Oui les

regarde, pas très fier du
mauvais tour qu'il leur a joué.
Mais il fallait bien rendre
service aux autres jouets...

A ce moment-là, Potiron
arrive à fond de train sur sa
bicyclette, son grand bonnet
rouge volant au vent. Il saute
à terre et donne à Oui-Oui
une grande tape affectueuse
dans le dos. Aussitôt, le grelot
du pantin se met en branle!

«Bravo, Oui-Oui, tu es
formidable! s'écrie le vieux
nain. N'est-ce pas,
monsieur Noé, qu'il est
formidable?

— Oui, approuve M. Noé.
Il est vraiment très courageux.
Oui-Oui, je vais t'offrir la plus
grosse glace que tu aies jamais
mangée.

— Chouette! fait Oui-Oui en

battant des mains. J'adore les glaces. Montez vite dans mon taxi, tous les deux. Je vous emmène chez le marchand!»

Et *vroum!* Une fois de plus, la petite voiture jaune démarre en trombe. Quelle gentille voiture! Elle mériterait bien une glace, elle aussi.

Chapitre 2
L'ours
à roulettes

Le lendemain matin, Oui-Oui est réveillé en sursaut par des coups frappés à sa porte. Encore à moitié endormi, il saute de son lit et jette un coup d'œil par la fenêtre pour savoir qui est là. Ce qu'il voit le réveille aussi vite qu'une douche glacée.

« Saperlipopette ! s'écrie Oui-Oui. Un ours en peluche, encore ! Je parie que ce sont les ours de M. Noé qui viennent me gronder parce que je les ai ramenés à l'Arche... Oh! là! là!... je suis perdu!»

Mais il entend à ce moment-là une toute petite voix qui n'a rien de terrifiant :

«Oui-Oui, Oui-Oui, es-tu là? Je suis un ours à roulettes et j'ai besoin d'aller à Nounoursville pour faire réparer ma voix. Je ne peux plus grogner. Peux-tu m'emmener?»

Oui-Oui se passe la main sur le front, soulagé. Quelle peur il a eue! Il ouvre la porte et demande à l'ours à roulettes de l'attendre pendant qu'il s'habille et prend son petit déjeuner.

Un peu plus tard, il sort sa voiture du garage où elle a passé la nuit bien au chaud sous une couverture. Le taxi

est tout à fait guéri. Oui-Oui
ouvre une portière et invite
l'ours à s'installer. Mais ce
n'est pas facile! Cet ours à
roulettes est un client bien
encombrant...

Au bout de cinq minutes
d'efforts pour faire rentrer
l'ours d'une façon ou d'une
autre, Oui-Oui est découragé.
   «Je crois que je ne pourrai
pas vous emmener dans mon
taxi, soupire-t-il. Vous allez

déchirer mes coussins, avec vos roulettes.

— Oh, je t'en prie, Oui-Oui, essayons encore! J'ai très mal à la gorge, il faut absolument que je fasse réparer ma voix. Et je n'ai pas le droit de prendre l'autobus, avec mes roulettes.

— C'est bon, fait Oui-Oui. Je vais vous emmener. Mais vous n'êtes vraiment pas un client commode!»

Et, tandis qu'il essaie tant bien que mal de caser le pauvre ours à côté de lui, Oui-Oui grommelle à voix basse :

«Ah, ces ours en peluche! Je commence vraiment à en avoir assez!»

Enfin, l'ours est installé. Le voyage, d'abord, se passe bien. Mais la route est longue,

jusqu'à Nounoursville. Et voilà
qu'au beau milieu du trajet se
produit un incident singulier.
Oui-Oui bondit à vive allure
sur un dos d'âne. *Boum,
bidiboum!* Comme c'est
amusant! La tête à ressort du
pantin s'agite à qui mieux
mieux. Mais, lorsque le petit
taxi retombe sur la route, il
n'a plus que trois roues! La

29

quatrième, qui s'est détachée, dévale à toute vitesse la pente que Oui-Oui vient de monter. La voiture a un soubresaut et s'immobilise. Oui-Oui descend, fait le tour du taxi.

« Oh, j'ai perdu une roue ! s'écrie-t-il, désolé. Que vais-je faire ?

— Cours-lui donc après ! dit l'ours. Je vais aller avec toi. Tu n'as qu'à monter sur mon dos, si tu veux. A la descente, je peux rouler très vite, sur mes quatre roulettes. »

Oui-Oui se hâte de grimper sur le dos de l'ours. En avant ! Ils dévalent la route à toute vitesse, persuadés que la roue a dû s'arrêter au bas de la colline. Mais, arrivés là, point de roue en vue. Elle s'est volatilisée !

« Elle a dû tomber dans le

ruisseau, déclare l'ours. A
moins que l'une de ces chèvres
ne l'ait mangée!

— Je ne
savais pas que
les chèvres
mangeaient les
roues,
dit Oui-Oui
étonné. Oh, les
vilaines bêtes! Jamais plus je ne
dirai bonjour à une chèvre.»

Et ils retournent à la voiture.
Oui-Oui est catastrophé.

«Il va falloir que je laisse ma
petite voiture toute seule ici,
dit-il, les larmes aux yeux. Sa
roue de secours est justement
chez M. Polichinelle pour être
réparée. Quelle aventure!
Comme son garage va lui
manquer!

— J'ai une idée, dit l'ours.

Encore faut-il que tu sois
d'accord. Si je te prêtais une
de mes roulettes? Elles sont à
peu près de la même taille que
les roues de ta voiture. Tu
pourrais la garder en attendant
de retrouver la tienne, ou d'en
acheter une neuve...

— Quelle idée formidable!
s'exclame Oui-Oui. Oh! merci,
merci!»

Vite il démonte une roulette
de l'ours et l'ajuste sur son
taxi. Elle n'est pas exactement
de la taille voulue, mais, pour
un dépannage d'urgence, ce
n'est pas trop mal.

«Ma voiture saute un peu,
dit Oui-Oui. Mais elle avance,
c'est l'essentiel. Vous êtes
vraiment très intelligent,
monsieur l'ours. Je ne regrette
pas de vous avoir pris dans
mon taxi.»

Et il ajoute à voix basse :

«Je ne dirai plus jamais de
mal des ours en peluche...»

L'ours à roulettes regarde
Oui-Oui d'un air étonné.

«Tu as quelque chose
contre les ours en
peluche?

— Oh oui! soupire
le pantin de bois.

Hier, ils m'ont fait passer une journée épouvantable!»

Tandis qu'ils continuent en bringuebalant sur la route de Nounoursville, Oui-Oui raconte à son client ses mésaventures de la veille. Et sa frayeur du matin, quand il a aperçu à nouveau un ours en peluche devant sa porte. L'ours éclate de rire et la fin du trajet se passe dans la bonne humeur.

Lorsqu'ils arrivent à Nounoursville, l'ours à roulettes se hâte — sur trois roues — d'aller voir

le réparateur. Il ne tarde pas
à revenir, son grognement
réparé. Pour prouver à Oui-
Oui qu'il marche bien, il
grogne d'un air terrible. Le
pauvre Oui-Oui, épouvanté,
fait un bond d'un
mètre de haut.
Puis, remis de ses
émotions, il aide
l'ours à roulettes
à reprendre place
dans son taxi et
ils repartent
pour Miniville.

«Vous accepterez bien un verre de limonade et quelques tartines de miel? demande Oui-Oui à son compagnon. Je sais que les ours adorent le miel.

— Avec plaisir», répond l'ours ravi.

Oui-Oui le conduit donc jusqu'à sa petite maison-pour-lui-tout-seul. Et là, quelle surprise! La roue perdue les attend, appuyée contre la palissade. Oui-Oui la regarde, les yeux ronds.

«Ça alors, comment est-elle rentrée? s'écrie-t-il.

— C'est M. Paille qui l'a ramenée, crie M. Bouboule, le voisin de Oui-Oui, de sa fenêtre. Il l'a trouvée dans son champ et a pensé que c'était la tienne. Je lui ai dit de la poser devant ta porte. Oh! Oui-Oui,

quelle drôle de roue tu as là!
— Elle est peut-être drôle,

37

répond Oui-Oui, mais elle m'a bien rendu service! Et maintenant, monsieur l'ours, vous pouvez reprendre votre roue, et moi la mienne!»

Une fois l'échange effectué, ils rentrent chez Oui-Oui et s'offrent un vrai festin. Lorsque l'ours à roulettes quitte le bonhomme en bois, un peu plus tard, il lui dit :

«Si un jour tu as encore besoin d'une roue de rechange, Oui-Oui, appelle-moi. Je serai toujours prêt à te dépanner avec une des miennes.

— Quel gentil ours en peluche! se dit Oui-Oui en le regardant partir du seuil de sa petite maison. Il faut absolument que j'aille raconter mon aventure à Potiron!»

Chapitre 3

La tarte aux cerises

Potiron est dans la cuisine de sa maison-champignon, en train de préparer un délicieux dîner. Tout à coup, il entend un bruit familier : diling, diling, diling !

« Voilà Oui-Oui, se dit le nain tout heureux. J'étais sûr qu'il viendrait me voir. Il y avait bien longtemps qu'il n'était pas venu dîner avec moi ! Quel joli bruit fait son grelot ! »

Oui-Oui entre en trombe

dans la maison de son ami.

« Potiron, s'écrie-t-il, tu ne devineras jamais ce qui m'est arrivé aujourd'hui !

— Hum... hum... grommelle le nain. Je ne vois pas... A moins que tu n'aies encore eu affaire à des ours ! ajoute-t-il avec un éclat de rire.

— Tout juste ! s'exclame Oui-Oui. Mais aujourd'hui c'était un ours à roulettes. Et un ours à roulettes épatant : il m'a prêté une de ses roues pour me dépanner. Je ne connais *personne* d'aussi gentil au Pays des Jouets.»

Potiron manque s'étrangler de fureur.

«Comment? Ose répéter ce que tu viens de dire! Je ne suis peut-être pas gentil, moi?

— Oh! Potiron, excuse-moi! dit Oui-Oui qui met sa main devant sa bouche. Je ne voulais pas dire ça... Mais toi, tu ne m'as jamais prêté une roue de ta bicyclette pour réparer ma voiture!

— C'est trop fort! Puisque c'est comme ça, dehors, Oui-Oui! Je ne veux plus te voir. Et tu ne goûteras pas mes friands aux saucisses. Ni ma tarte aux cerises.

— De la tarte aux cerises?

s'écrie Oui-Oui. Mmmm! J'adore ça... Potiron, je t'en prie, ne sois pas fâché. Tu sais bien que tu es mon meilleur ami!»

Et le pantin de bois se jette au cou de Potiron. Diling! Diling! tinte le grelot. Le vieux nain est tout attendri.

« Bon, bon, ça va pour cette fois... grommelle-t-il. Mais dorénavant fais attention à ce que tu dis, ou tu auras de mes nouvelles!

— Promis, Potiron. Je peux t'aider? Oh, laisse-moi garnir la tarte avec les cerises! Tu vas voir comme je vais bien les arranger.

— Voyons, Oui-Oui, ce n'est pas la peine! Il suffit de les vider d'un seul coup sur la pâte, grogne le nain.

— Tu vois, tu t'énerves encore! remarque le pantin d'un ton boudeur. Moi qui voulais t'aider...

— Oui-Oui, tu es insupportable, ce soir. Mais après tout, si cela te fait plaisir de passer une demi-heure à ranger les cerises l'une après l'autre, moi cela m'est égal. Tu es un vrai bébé. »

Oui-Oui se met donc au travail, pendant que Potiron finit de préparer son repas. Quelques instants plus tard, la tarte est au four. Oui-Oui remarque alors quelque chose d'étrange.

« Tiens, mon grelot ne tinte plus! Potiron, regarde un peu ce qu'il a, s'il te plaît. »

Potiron se retourne vers Oui-Oui et fronce les sourcils.

« Pas étonnant qu'il ne tinte plus! Il n'est plus sur ton bonnet. Je t'avais déjà dit l'autre jour qu'il ne tenait pas bien et qu'il fallait le recoudre. Tu vois, si tu m'avais écouté! Maintenant, il faut le chercher. Il ne doit pas être loin, je me souviens de l'avoir entendu tinter tout à l'heure. »

Mais Potiron et Oui-Oui ont

beau inspecter chaque recoin de la pièce, impossible de trouver le grelot. Rien sous la table, rien dans le seau à charbon, rien dans l'évier, ni derrière la bibliothèque... Il a disparu !

Oui-Oui est bouleversé.

« Oh, Potiron, c'est affreux ! se lamente-t-il. Sans mon grelot, je me sens perdu.

— Moi aussi, son "diling" me manque, reconnaît Potiron. Où est-il passé ? Je suis sûr que tu l'avais tout à l'heure. Et tu n'as pas quitté cette pièce !

— Est-ce qu'un grelot comme ça coûte cher ? demande Oui-Oui d'une voix inquiète. Je n'ai plus un sou dans ma tirelire pour en racheter un...

— Ne t'inquiète pas, je

t'aiderai, répond le nain. Nous verrons ça plus tard. Viens manger, Oui-Oui : les friands aux saucisses sont prêts et la tarte dorée à point. Tu m'en diras des nouvelles !

— Je n'ai plus faim, dit Oui-Oui d'un air sombre. Je suis trop triste d'avoir perdu mon grelot. Je crois que je ne pourrais rien avaler. »

Le petit pantin de bois n'accepte même pas la moitié d'un friand aux saucisses.

Potiron est désolé. Il découpe des parts de tarte et se sert. Puis il regarde Oui-Oui.

« Prends au moins un bout de tarte, dit-il. J'ai horreur de manger tout seul. Allez, Oui-Oui, juste pour me tenir compagnie...

— Bon, fait Oui-Oui. Mais c'est bien pour te faire plaisir. »

Potiron sert donc son ami. Oui-Oui prend sa cuillère, porte un premier morceau de tarte à sa bouche. Mmmm... Quel régal ! La tarte de Potiron est un vrai délice. Elle fond sur la langue. Oui-Oui en prend un deuxième morceau... et pousse un cri perçant :

« Ooooh ! »

Potiron sursaute et en lâche sa cuillère.

« Qu'y a-t-il ? Tu t'es mordu
la langue ? demande-t-il.

— Mais non, Potiron, j'ai
retrouvé mon grelot !

48

— Où ça? Où ça? crie le vieux nain en regardant tout autour de lui.

— Dans mon assiette! Dans la tarte aux cerises! s'exclame Oui-Oui fou de joie. Regarde, Potiron, il est là! Tu l'as fait cuire dans ta tarte. Tu crois que ça l'a abîmé?

— Je n'en sais rien, répond Potiron. Essaie de le faire tinter. »

Oui-Oui secoue son grelot.

Diling! Diling! Diling! Formidable, il sonne toujours!

« Il a dû tomber de ton bonnet quand tu arrangeais les cerises, dit Potiron. Je suis bien content que tu l'aies retrouvé. Et à présent, Oui-Oui, sais-tu ce qu'il te reste à faire, dès que tu auras fini ta tarte?

— Oui, Potiron. Je vais recoudre mon grelot. Et cette fois, je t'assure qu'il tiendra!»

Chapitre 4

Les cinq lapins roses

Le lendemain, cinq clients viennent sonner à la fois à la porte de Oui-Oui, cinq adorables lapins en peluche roses, un joli ruban bleu noué autour du cou. Ils veulent aller pique-niquer sur la colline aux Clochettes et portent un énorme panier plein de bonnes choses.

« D'accord, je vous emmène, dit Oui-Oui. Nous allons être serrés, mais ce n'est pas très loin. Et puis ça me changera un peu. Depuis deux jours, je n'ai vu que des ours en peluche!»

La petite troupe s'embarque, riant et chahutant. Oui-Oui dépose les lapins sur la colline aux Clochettes, au milieu de l'herbe tendre et des clochettes bleues. Quel joli tableau!

«Je reviendrai vous chercher à cinq heures, dit le bonhomme en bois. Amusez-vous bien!»

Vers cinq heures moins le quart, il se met au volant pour aller chercher les lapins. En chemin, il aperçoit Bastien Bouboule, le fils de ses voisins. L'ourson est en train de faire la sieste au bord de la route près d'un grand panier vide.

« Tiens, on dirait que Bastien est allé pique-niquer, lui aussi, se dit Oui-Oui. Cela me donne envie d'en faire autant. Tout à l'heure, j'irai demander à Potiron s'il veut venir avec moi, demain. »

Comme il approche de la colline aux Clochettes, Oui-Oui découvre tout à coup un spectacle surprenant : les cinq lapins sont blottis les uns contre les autres sous un buisson, l'air épouvanté. Le pantin arrête immédiatement

son taxi et se précipite vers
eux.

« Que se passe-t-il ?
— Oh, Oui-Oui ! Nous

sommes si contents que tu sois de retour! As-tu vu le renard?

— Le renard? s'exclame Oui-Oui étonné. Non, pourquoi?

— Si tu savais! Nous venions juste de déballer notre pique-nique lorsque Bastien Bouboule est arrivé comme une furie, en criant : " Le renard! le renard! Il cherche des lapins à croquer, filez vite!" Alors nous avons tout laissé en plan et nous nous sommes enfuis.

— Pauvres petits lapins», dit Oui-Oui désolé de voir ses amis dans un tel état.

Puis, soudain, il se souvient de ce qu'il a vu au bord de la route quelques instants plus tôt : Bastien Bouboule faisant la sieste près d'un panier vide. Oui-Oui comprend tout. Oh!

le vilain ourson! Il a effrayé les lapins pour pouvoir leur prendre leur pique-nique. Ah! ce Bastien! Il est incorrigible! Un vrai chenapan!

Le pantin de bois est furieux. Comment pourrait-on donner une bonne leçon à ce galopin de Bastien? Il fait monter les cinq lapereaux tremblants dans son taxi et les ramène chez eux. En chemin, une idée lui vient.

«Demain, dit-il, nous retournerons pique-niquer tous ensemble. J'inviterai Potiron... et Futé, le renard de l'Arche de M. Noé.

— Oh! non, surtout pas! crient les lapins affolés.

— Vous ne craindrez rien, ajoute Oui-Oui. C'est un de

mes amis. Nous allons bien nous amuser... »

Oui-Oui dépose les lapins devant leur terrier, puis il file chez Potiron. Ensemble, les deux amis se rendent chez M. Noé. Futé est très étonné et très content : c'est la première fois qu'on l'invite à un pique-nique ! Puis Oui-Oui lui explique à l'oreille le rôle qu'il devra tenir le lendemain. Le renard ricane, l'œil brillant.

« Je comprends, je comprends, dit-il. Je ferai tout ce que tu voudras, Oui-Oui. »

Le lendemain, Oui-Oui, Potiron et les cinq lapins roses prennent le chemin de la colline aux Clochettes avec un panier qui déborde de succulentes friandises. Oui-Oui en a l'eau à la bouche... Ils viennent à peine d'étaler leur belle nappe blanche sur l'herbe qu'ils entendent de grands cris. Oui-Oui fait un clin d'œil à ses amis.

« Ça marche ! » leur chuchote-t-il.

Quelques secondes plus tard, Bastien Bouboule surgit d'un buisson, l'air épouvanté. Il hurle tant qu'il peut :

« Le renard, le renard ! Vite, partez, je crois qu'il est enragé ! »

Alors tout le monde se lève d'un bond. Oui-Oui, Potiron et les cinq lapins, comme s'ils étaient affolés, prennent leurs jambes à leur cou. Ils ne vont pas bien loin : ils se cachent derrière un buisson pour épier le vilain ourson.

Bastien s'est arrêté près du pique-nique. Il se frotte les pattes et se lèche les babines.

« Miam, miam ! Je vais encore bien me régaler, aujourd'hui ! Que ces lapins sont bêtes ! Et je n'aurais pas cru Oui-Oui et Potiron si peureux ! »

Mais, au moment où il mord dans une délicieuse tartine de miel, un animal féroce se précipite sur lui : c'est Futé, qui a suivi les consignes de Oui-Oui.

« Le renard ! Le renard ! crie

très fort le pantin de bois.
Méfie-toi, Bastien, il mange les
ours en peluche!»

Le petit ourson pousse un
cri d'effroi, lâche sa
tartine et part en
courant.

Mais Futé court plus vite que lui
et le rattrape par le fond de son
pantalon. Bastien est terrorisé.
Oui-Oui, Potiron et les cinq
lapins roses sortent de leur
cachette, riant aux larmes.

«Tu vois, Bastien! Tel est
pris qui croyait prendre,
déclare le vieux nain. Allez,
ouste, déguerpis! Tu

as eu si peur
que tu n'auras pas
d'autre punition. Mais gare à
toi, si je te reprends à jouer
d'aussi vilains tours!»

Tandis que Bastien détale
sans demander son reste, les
huit amis s'installent pour se
régaler. Futé s'assoit entre Oui-
Oui et Potiron, car les cinq
lapins roses préfèrent se tenir
loin de ses grandes dents. Mais
Futé ne leur en veut pas. Il est
si heureux d'être invité à un
pique-nique.

Tout à coup, Oui-Oui est
pris d'un terrible fou rire. Il
rit tellement qu'il s'étrangle
avec sa brioche. Ses amis le
regardent, les yeux ronds.

Potiron lui donne de grandes tapes dans le dos, ce qui fait tinter son grelot comme un vrai carillon. Quand il parvient enfin à reprendre sa respiration, le petit pantin s'exclame, la bouche pleine :

« Défidément, ve n'arriverai pas à me débarrafer des vourfs en pelufe ! »

Chapitre 5

La petite voiture mécanique

Leur pique-nique terminé, Oui-Oui et Potiron rentrent gaiement à Miniville après avoir raccompagné Futé et les cinq petits lapins. Mais là, une bien mauvaise surprise attend les deux amis !

Devant la gare de Miniville est arrêtée une petite voiture mécanique conduite par un automate en fer-blanc. Dès qu'il aperçoit Oui-Oui, le bonhomme en fer lui crie d'un ton moqueur :

« Que conduis-tu là ? Tu
n'appelles pas ça une voiture,
j'espère !

— Bien sûr que si ! s'exclame
Oui-Oui en colère. Je suis
chauffeur de taxi. Et je suis
sûr qu'à côté de ma voiture
jaune ton horrible tacot gris
n'est qu'un escargot ! »

Pauvre Oui-Oui... Il aurait
mieux fait de tenir sa langue !
Le bonhomme en fer-blanc, un
méchant sourire aux lèvres,
remonte aussitôt le mécanisme

de sa voiture avec une grosse clé et démarre en trombe. *Bzzzz!* Oui-Oui a à peine le temps de le voir passer. Cette horrible voiture grise va au moins deux fois plus vite que son taxi! Et elle a quatre places, elle est bien plus grande que la voiture jaune de Oui-Oui...

Le pantin de bois et son ami le nain sont interloqués.

«Moi aussi, je suis chauffeur de taxi, s'écrie l'automate qui revient s'arrêter à côté d'eux. Vous allez voir : tout le monde va vouloir monter dans *mon* taxi!»

Il dit vrai : bientôt, les jouets se bousculent pour prendre place dans la voiture grise du bonhomme en fer-blanc. Oui-Oui a le cœur lourd. Deux grosses larmes rondes roulent sur ses joues de bois. Potiron ne peut supporter de voir son ami malheureux. Il est furieux.

« Il n'a pas le droit de venir prendre ta place ! rugit-il. Je vais aller le lui dire tout de suite ! »

Et le vieux nain se dirige vers l'automate, l'air furibond. Mais le vilain bonhomme se contente de ricaner.

« Qu'est-ce que c'est que ce nain ? Tu ferais mieux d'aller t'engager dans un cirque, au lieu de te mêler de mes affaires ! »

Oh ! quelle grossièreté ! Potiron est outré. Il s'apprête à tirer les oreilles à ce petit insolent, mais *bzzz...* l'automate lui file sous le nez.

« Vite, Oui-Oui, rattrapons-
le ! » crie Potiron hors de lui.

Il bondit dans le taxi de Oui-Oui et ils partent à toute allure à la poursuite de la voiture mécanique. De temps en temps, le bonhomme en fer-blanc se retourne et leur lance un éclat de rire moqueur.

« Ha! Ha! Ha! Vous voulez me suivre? Eh bien, vous allez voir! Je vais vous emmener faire une promenade dont vous vous souviendrez. Sur une route pleine de creux et de bosses. Ma voiture est solide, elle tiendra le coup. Mais la vôtre... Ha! Ha! Ha! elle va tomber en poussière!»

Oui-Oui et Potiron tiennent bon. Quel chemin! Le bonhomme en fer-blanc n'a pas menti : la route est pleine de nids-de-poule. La petite voiture jaune fait de son mieux : elle sursaute, retombe, rebondit, grogne, suffoque, mais elle continue. *Teuf, teuf, teuf...* C'est dur, mais elle ne veut pas se laisser distancer. Oui-Oui est tout attendri.

« Brave petit taxi! lui dit-il. Tu es formidable!»

Soudain... boum! Le taxi s'arrête dans un soubresaut, une roue coincée dans une ornière.

« Pauvre voiture! s'écrie Oui-

Oui. Faisons demi-tour. Tant pis pour ce vilain bonhomme en fer-blanc. La route est vraiment trop mauvaise. »

Le pantin s'apprête à reprendre la direction de Miniville, lorsque Potiron lui donne un grand coup de coude dans les côtes.

« Aïe ! crie Oui-Oui. Qu'est-ce qui te prend, Potiron ?

— Regarde ! hurle le nain qui montre du doigt quelque chose de brillant au milieu du chemin. C'est sa clé ! La clé de la voiture mécanique ! Elle a dû tomber quand il est passé dans cette ornière. Vite, Oui-Oui, cours la ramasser : quand sa voiture s'arrêtera, le bonhomme en fer-blanc ne pourra plus la remonter ! Bien

fait pour lui : il rentrera à pied
à Miniville.»

Oui-Oui se précipite,
ramasse la clé et repart en
cahotant vers Miniville. *Bidim,
badoum, bidim, badoum!* Le
pantin de bois et son ami le
nain ont retrouvé le sourire.

«Je ne lui rendrai sa clé que
s'il me promet de ne plus
jouer au chauffeur de taxi»,
déclare Oui-Oui.

Ce que les deux amis ne
savent pas, c'est que le
bonhomme en fer-blanc ne
reviendra plus jamais à
Miniville! Tandis que Oui-Oui
et Potiron rentrent chez eux,
le petit automate approche de
Toupieville. Tout à coup,
clac... clac... clac..., sa voiture
ralentit et s'arrête. Le
bonhomme saute sur la route

pour remonter son mécanisme.
Et là, quelle surprise : plus de
clé! Il est catastrophé. Et il n'a
pas le courage de repartir en
sens inverse pour aller
chercher sa clé : si jamais il se
trouvait nez à nez avec Oui-
Oui et Potiron, ils se
moqueraient bien de lui!

Alors il décide de pousser sa
voiture jusqu'à Toupieville. Là,
il est sûr de trouver un bon
métier : réparateur de toupies.
Quant à sa clé, elle restera un
bon moment sur la cheminée
de Oui-Oui!

Chapitre 6

Jumbo, l'éléphant paresseux

Le lendemain, Oui-Oui décide
de travailler sans prendre de
pause : il n'a pas du tout envie
que quelqu'un d'autre vienne
encore lui prendre sa place !

Vroum ! Vroum ! Le petit taxi
jaune sillonne les rues de
Miniville, emmenant tantôt
Mlle Chatounette qui va se
faire friser les moustaches,
tantôt Mme Noé qui va au
marché, tantôt M. Bouboule
qui va acheter son journal...
Au bout de quelques heures, la

petite voiture n'en peut plus.

« Tou... tou... tou... »
gémit-elle doucement comme
Oui-Oui passe devant le
marchand de glaces.

« Tu es fatigué, petit taxi ?
demande le pantin de bois. Tu
voudrais que je te laisse
souffler un peu pendant que je
me régale d'une bonne glace ?
Eh bien d'accord ! Le temps
d'aller acheter du beurre à la
crémerie et nous rentrons. »

La voiture jaune est ravie.
Tu, tu tu ! Elle file à toute
allure jusqu'à la crémerie. Oui-
Oui achète son beurre, le pose
sur le siège à côté de lui et
revient chez le marchand de
glaces. Il gare son taxi le long
du trottoir et entre en courant
dans le magasin.

A ce moment précis, de la

maison voisine, sort Jumbo
l'éléphant... C'est un gros
paresseux qui déteste marcher.
Chaque jour il se rend à la
gare pour y prendre le train.
Mais, pour y aller, il adore se

faire transporter par Oui-Oui.

A chaque fois, Oui-Oui se
plaint :

«Je n'aime pas beaucoup
vous prendre dans mon taxi,
monsieur Jumbo. Vous êtes si
lourd que vous faites pencher
ma voiture de votre côté. Et

vous êtes si gros que vous m'écrasez complètement. C'est la dernière fois que je vous emmène!» Mais il n'y a rien à faire. A chaque occasion, M. Jumbo s'installe dans le taxi de Oui-Oui pendant que le petit bonhomme en bois ne le voit pas. Et cela arrive souvent, en particulier lorsque Oui-Oui est chez le marchand de glaces... Comme Jumbo habite à côté, dès qu'il voit le taxi vide il se précipite pour y monter. Quand Oui-Oui ressort, il est trop tard : Jumbo est déjà installé. Il ne reste plus au bonhomme en bois qu'à foncer jusqu'à la gare pour se débarrasser de ce client encombrant.

Ce jour-là, donc, la même

chose s'est produite. Et Jumbo,
en se laissant tomber de tout
son poids sur le siège, a oublié
d'enlever la plaquette de
beurre de Oui-Oui!

Quand le petit pantin a fini
sa glace, il court reprendre son
travail. Arrivé sur le trottoir,
il reste bouche bée, rouge de
colère. Sa tête à ressort s'agite
à toute vitesse. Il s'écrie :

«Monsieur Jumbo! Je vous
avais interdit de monter dans
mon taxi sans ma permission!
Et mon beurre? L'avez-vous
enlevé, au
moins?»

Devant
l'air ahuri
de Jumbo,
Oui-Oui
trépigne.

«Oh non! Ne me dites pas que vous vous êtes assis dessus!» Et si... Le mal est fait! Il ne reste plus à Oui-Oui qu'à filer à la gare pour débarquer ce vilain Jumbo. La plaquette de beurre est tout aplatie. On dirait qu'un rouleau compresseur lui est passé dessus. Oui-Oui est furieux.

Mais Jumbo est le plus entêté des jouets de Miniville. Le lendemain, comme il aperçoit le taxi de Oui-Oui garé devant la maison de Minouchette, il se précipite pour s'y asseoir... Il est si pressé de s'installer... qu'il ne voit pas la douzaine d'œufs que Oui-Oui vient juste d'aller chercher à la ferme de Mme Paille !

Lorsque le bonhomme en bois sort de chez Minouchette, il découvre un horrible spectacle : un mince filet jaune coule goutte à goutte de la voiture sur la route...

« Saperlipopette ! s'exclame-t-il. Vous avez recommencé, monsieur Jumbo ? Oh ! mes œufs sont perdus !... Pourquoi n'avez-vous pas regardé avant de vous asseoir, gros lourdaud ? Vous êtes impossible ! »

M. Jumbo est très vexé.

« Je te préviens, Oui-Oui, déclare-t-il d'un ton menaçant. Si tu continues à me parler de cette façon, je vais sauter sur ton siège ! »

Oui-Oui n'ose plus ajouter un seul mot. Il ne tient pas à voir sa chère voiture réduite en bouillie par ce maudit éléphant. Aussi, le cœur lourd, il conduit Jumbo à toute allure jusqu'à la gare.

«Quel affreux client! se dit-il. Je suis serré comme une sardine! Décidément, je crois que je préfère encore les ours de M. Noé... Mais M. Jumbo est bien puni : je suis sûr que son pantalon est plein de jaune d'œuf!»

Les jours suivants, Oui-Oui se débrouille pour ne jamais laisser son taxi une minute tout seul. Jumbo est obligé d'aller à la gare à pied... Ça ne lui fait pas de mal, d'ailleurs, car il est beaucoup trop gros. Le cinquième jour, pourtant,

la gourmandise de Oui-Oui est
la plus forte : en revenant du
village des Ballons, où il est
allé acheter un ballon pour
Potiron, un pour lui et un
pour son amie Mirou, Oui-Oui
ne peut résister à la tentation.
Il arrête son taxi devant le
marchand de glaces.

«Je ne fais qu'entrer et
sortir, petit taxi! Attends-moi.
Et surveille bien les ballons!»

Mais ce têtu de M. Jumbo
est à l'affût! Il n'a pas du tout
envie de retourner une fois de
plus à la gare à pied. Dès que
Oui-Oui est hors de vue, vite!
il se précipite vers la voiture
jaune et se laisse tomber sur le
siège sans regarder où il
s'assoit. *Bing! Bang! Boum!* Les
trois ballons éclatent en faisant
un vacarme épouvantable.

M. Jumbo ne sait plus ce qui lui arrive : affolé, il essaie de sortir de cette voiture infernale, mais il est coincé!

«Au secours! crie-t-il. A l'aide! A l'aide, je vous dis! Oui-Oui! Ta voiture est en train d'exploser! Je vais sauter! Au secours, je suis perdu!»

Oui-Oui a entendu le bruit des explosions et les cris de Jumbo. Au début il a très peur, se demandant ce qui se passe. Puis il pense aux ballons et éclate de rire.

«Ah! ah! se dit-il, ce vilain Jumbo s'est assis sur mes ballons! Ça lui servira de leçon...»

Il se précipite vers sa voiture.

«Sors-moi de là! Sors-moi de là! supplie l'éléphant. Ta

voiture va exploser. Elle a fait
bing, bang, boum! Je suis sûr
qu'elle va sauter.

— Ah! ah! vous êtes coincé!
dit Oui-Oui en riant. Je vous
avais bien dit de ne plus
monter dans mon taxi! Je crois
que je vais vous laisser là. Si
ma voiture explose, ça vous
apprendra!

— Oui-Oui, je t'en prie, se

lamente le pauvre éléphant qui se tortille en vain dans tous les sens pour essayer de se dégager. Si tu me sors de là, je ferai tout ce que tu voudras!

— Très bien, déclare Oui-Oui. Vous allez d'abord me rembourser le beurre et les œufs que vous m'avez écrasés. Ensuite, vous me promettrez de ne plus jamais monter dans mon taxi. Vite, dépêchez-vous, ça va encore faire *boum!*»

M. Jumbo, affolé, se hâte de donner vingt sous à Oui-Oui. Puis il lui jure de ne plus s'asseoir dans sa voiture. Alors Oui-Oui le tire de toutes ses forces et parvient enfin à le décoincer.

«Vous avez vu, monsieur Jumbo, mon taxi vous trouve trop lourd. A l'avenir, laissez-le tranquille!»

Sans mot dire, l'éléphant s'éloigne, s'essuyant le front de son grand mouchoir à carreaux. Quelle peur il a eue! Dorénavant, Oui-Oui pourra déguster ses glaces tranquillement : l'éléphant ne remontera jamais plus dans son taxi!

Chapitre 7

Oui-Oui
et les pommes

M. Jumbo parti, Oui-Oui décide d'aller chercher d'autres œufs chez Mme Paille. Il a eu tant de travail ces derniers jours qu'il n'a pas encore remplacé ceux que l'éléphant lui a cassés.

« Attends un moment, Oui-Oui, dit la fermière. Je vais te ramasser des œufs tout frais. Mes poules viennent juste de les pondre.

— Très bien, madame Paille, répond Oui-

Oui. Si ça ne vous ennuie pas,
je vais me reposer un peu sous
cet arbre en vous attendant. Il
fait chaud et je suis épuisé.»

Oui-Oui s'éloigne et s'installe
sous un pommier. Il s'appuie
contre le tronc. Quelques
secondes plus tard, il est
profondément endormi...

Au bout d'un moment, une
brise légère se lève et
commence à agiter doucement
les branches du pommier.
Comme les pommes sont bien

mûres, voilà tout à coup que...
toc! un beau fruit rouge se
détache et tombe juste sur la
tête de Oui-Oui avant de
rouler dans l'herbe. Oui-Oui
s'éveille en sursaut. Il aperçoit
la pomme qui roule près de lui
et regarde tout autour,
furieux.

« Quel est l'idiot qui m'a
lancé une pomme ? crie-t-il, en
colère. C'est toi, la poule ? Ou
peut-être toi, le cochon ? Gare
à vous, si vous recommencez !
Moi aussi, je peux lancer des
pommes, vous savez !

— Cot, cot ! fait la poule
surprise.

— Nrro ! Nrro ! » grogne le
cochon étonné.

Oui-Oui referme les yeux et
commence à se rendormir
lorsque... *toc!* une autre

pomme tombe de l'arbre.
Cette fois, elle atterrit en plein
sur le nez de Oui-Oui. Le
pantin se lève d'un bond, hors
de lui.

« Ah! ah! la chèvre! C'est toi,
hein? A moins que ce soit
encore toi, le cochon!

— Bêêê... » fait la chèvre.

Et elle tourne le dos à Oui-
Oui d'un air dédaigneux.

« Nrro! Nrro! » grogne à
nouveau le cochon d'un ton
mécontent. Il commence
à en avoir assez
d'être accusé à tort!

Oui-Oui s'assied à nouveau
et, pour la troisième fois, une
pomme se détache... Elle
atteint Oui-Oui en pleine
figure et lui coupe la
respiration. C'en est trop. Le
pantin de bois est fou de

colère. Il bondit, attrape les pommes et *vlan, vlan, vlan!* les lance sur le cochon. Puis il se baisse, en ramasse d'autres et en bombarde la chèvre. Hors de lui, il crie n'importe quoi aux poules qui sont venues voir ce qui se passe.

M. Paille, alerté par le vacarme, arrive en courant. Oui-Oui, toujours aussi furieux, ne le voit pas arriver. Il vise la chèvre, manque son but et *boum!*... touche M. Paille. Le fermier est abasourdi. Quelle mouche a piqué Oui-Oui? Lui toujours si gentil!

« Alors, alors! tonne-t-il de sa grosse voix. Va-t-on m'expliquer ce qui se passe ici? Comment oses-tu lancer des pommes sur mes animaux, Oui-Oui?

— C'est eux qui ont commencé, rétorque Oui-Oui. Chaque fois que je m'installe sous ce pommier pour dormir, ils me bombardent de pommes. Voyez! J'ai même une grosse bosse sur le front!»

Juste à ce moment-là, *toc!* une autre pomme se détache d'une branche et atteint Oui-Oui à l'épaule. Le pantin est

bien obligé de constater que ce
n'est pas la poule, ni la chèvre,

ni le cochon! Étonné, il lève la tête.

«Il y a sûrement quelqu'un dans l'arbre, déclare-t-il.

— Petit malin! C'est le vent! s'exclame M. Paille avec un éclat de rire. C'est lui qui fait tomber les pommes! Oh! Oui-Oui, tu ne changeras jamais! Maintenant, va vite présenter tes excuses à ma chèvre, à mon cochon et à ma poule.

— Je suis désolé, désolé, désolé...», fait le bonhomme en bois en agitant sa tête à ressort.

Très rouge, Oui-Oui regagne sa voiture de toute la vitesse de ses petites jambes. Quelle honte! Et quelle chance il a que M. Paille ne lui ait pas donné une fessée!

Soudain, son cœur fait un

bond : le fermier l'appelle. Ça
y est, il va le gronder! Mais
non, Oui-Oui, sois tranquille :
tu as tout simplement oublié
tes œufs!

Quel étourdi, ce petit Oui-
Oui! En tout cas, voilà une
aventure qu'il n'ira pas
raconter à son vieil ami
Potiron...

Table

Achevé d'imprimer par Ouest Impressions Oberthur
35000 Rennes - N° 15556 - Août 1994 - Dépôt éditeur n° 3452
20.21.8752.07.6 - ISBN 2.01.019493.4

Loi n° 49-956 du 16 juillet 1949 sur les publications destinées à la jeunesse
Dépôt : Septembre 1994